兒童文學叢書

・文學家系列・

醜小鴨變天鵝

童話大師安徒生

簡　宛／著　翱　子／繪

三民書局

國家圖書館出版品預行編目資料

醜小鴨變天鵝:童話大師安徒生 / 簡宛著;翱子繪.－－
二版一刷.－－臺北市：三民，2010
面；　公分.－－(兒童文學叢書・文學家系列)

ISBN 978-957-14-2837-6 (精裝)

1. 安徒生(Hans Christian Andersen,1805—1875)—
傳記—通俗作品

859.6

著作人	簡　宛
繪　者	翱　子
發行人	劉振強
著作財產權人	三民書局股份有限公司
發行所	三民書局股份有限公司 地址　臺北市復興北路386號 電話　(02)25006600 郵撥帳號　0009998-5
門市部	(復北店) 臺北市復興北路386號 (重南店) 臺北市重慶南路一段61號
出版日期	初版一刷　1999年2月 二版一刷　2010年11月
編　號	S 853891

行政院新聞局登記證局版臺業字第〇二〇〇號

ISBN 978-957-14-2837-6 (精裝)

http://www.sanmin.com.tw 三民網路書店

閱讀之旅

（主編的話）

很早就聽說過藝術大師米開蘭基羅、梵谷、莫內、林布蘭、塞尚等人的名字；也欣賞過文學名家狄更斯、馬克・吐溫、安徒生、珍・奧斯汀與莎士比亞的作品。

可是有關他們的童年故事、成長過程、鮮為人知的家居生活，以及如何走上藝術、文學之路的許許多多有趣故事，卻是在主編了這一系列的童書之後，才有了完整的印象，尤其在每一位作者的用心創造與撰寫中，讀之趣味盈然，好像也分享了藝術豐富的創作生命。

為孩子們編書、寫書，一直是我們這一群旅居海外的作者共同的心願，這個心願，終於因為三民書局的劉振強董事長，有意出版一系列全新創作的童書而宿願得償。這也是我們對國內兒童的一點小小奉獻。

西洋文學家與藝術家的故事，以往大多為翻譯作品，而且在文字與內容上，忽略了以孩子為主的趣味性，因此難免艱深枯燥；所以我們決定以生動、活潑的童心童趣，用兒童文學的創作方式，以孩子為本位，輕輕鬆鬆的走入畫家與文豪的真實內在，讓小朋友們在閱讀之旅中，充分享受到藝術與文學的廣闊世界，也拓展了孩子們海闊天空的內在領域，進而能培養出自我的欣賞品味與創作能力。

這一套書的作者們，都和我一樣對兒童文學情有獨鍾，對文學、藝術更是始終懷有熱誠，我們從計畫、設計、撰寫、到出版，歷時兩年多才完成，在這之中，國內國外電傳、聯絡，就有厚厚一大冊，我們的心願卻只有一個——為孩子們寫下有趣味、又有文學性的好書。

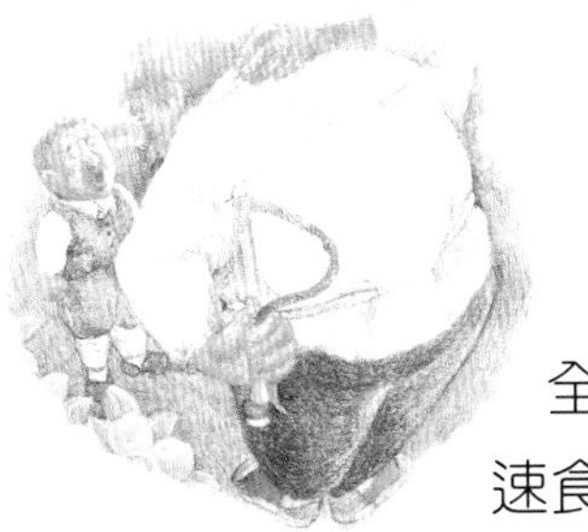

當世界越來越多元化、商品化的今天，許多屬於精神層面的內涵，逐漸在消失、退隱。然而，我始終牢記心理學上，人性內在的需求——求安全、溫飽之後更高層面的精神生活。我們是否因為孩子小，就只給與溫飽與安全，而忽略了精神陶冶？文學與美學的豐盈世界，是否因為速食文化的盛行而消減？這是值得做為父母的我們省思的問題，也是決定寫這一系列童書的用心。

我想這也是三民書局不惜成本、不以金錢計較而決心出版此一系列童書的本意。在我們握筆創作的過程中，最常牽動我們心思的動力，就是希望孩子們有一個愉快的閱讀之旅，充滿童心童趣的童年，讓他們除了溫飽安全之外，從小就有豐富的精神食糧，與閱讀的經驗。

最令人傲以示人的是，這一套書的作者，全是一時之選，不僅在寫作上經驗豐富，在文學上也學有專精，所以下筆創作，能深入淺出，饒然有趣，真正是老少皆喜，愛不釋手。

譬如喻麗清，在散文與詩作上，素有才女之稱，在文壇上更擁有廣大的讀者群；韓秀與吳玲瑤，讀者更不陌生，韓秀博學用功，吳玲瑤幽默筆健，作品廣受歡迎；姚嘉為與王明心，都是外文系出身，對世界文學自然如數家珍，筆下生花；石麗東是新聞系高材生，收集資料豐富而翔實；李民安擅寫少年文學，雖然柯南・道爾非世界文豪，但福爾摩斯的偵探故事，怎能錯過？由她寫來更加懸疑如謎，趣味生動。從收集資料到撰寫成書，每一位作者的投入，都是心血的結晶，我衷心感謝。由這一群對文學又懂又愛的人來執筆寫文學大師的故事，不僅小朋友，我這個「老」朋友也讀之百遍從不厭倦。我真正感謝她們不惜時間、心血，投入為孩子寫作的行列，所以當她們對我「撒嬌」:「哇！比博士論文花的時間還多」時，我絕對相信，也更加由衷感謝，不僅為孩子，也為像我一樣喜歡文學的大孩子們，可以欣賞到如此圖文並茂，又生動有趣的童書欣喜。當然，如果沒有三民書局的支持、用心仔細的編輯，這一套書是無法以如此完美的面貌出現的。

讓我們一起——老老小小共同享受閱讀之樂、文學藝術之美，也與孩子們一起留下美好的閱讀記憶。

簡宛

作者的話

我記得我聽到《賣火柴的小女孩》故事時，眼淚汪汪的情景，我也記得我看懂《國王的新衣》時，受到的啟發。雖然已經是數十年前的往事了，但是童年聽故事、讀童書的樂趣，卻牢牢的印在心裡。

安徒生是第一個讓我的童年生活充滿好奇與樂趣的童話家，雖然他的故事有些並不快樂，甚至有些悲傷，但是卻啟發了我的同情心與領悟力，尤其他一向強調的「惡有惡報，善有善報」的結局，讓我相信天地間存在著公理。

童年的記憶，使我在選讀兒童文學課程時，首先找尋這位童話大師的生平事蹟，也發現到他童話之外的許多才華。嚴格而言，他實在是一個愛作夢的孩子。

正因為他愛作夢，他的一生才如此多彩多姿。

他曾夢想過當歌星、當演員、當詩人，幸好他沒有讓環境限制，雖然他出身又苦又窮，但是生活中充滿了愛他的人——他的祖父母、父母。他的物質條件比別人差，但是他擁有的愛卻讓他自由飛翔，沒有讓環境打倒。

他也許不是文學大師，不是專家學者，可是他是天生的童話家，他愛說故事，也充滿想像力，他帶領我們走入豐富的童話世界。

這樣的一顆富有想像與好奇的心靈，不正是我們想探索、想接近的文學世界？在那兒你也許學不到如何考試、如何升學，但是卻讓你進入一個無限廣闊的領域，一生受用不盡。

我把我童年時的老朋友介紹給大家，因為我也希望他能帶領你走入童話世界，海闊天空的遨遊不倦，樂趣無窮。

簡宛

安徒生

Hans Christian Andersen

1805~1875

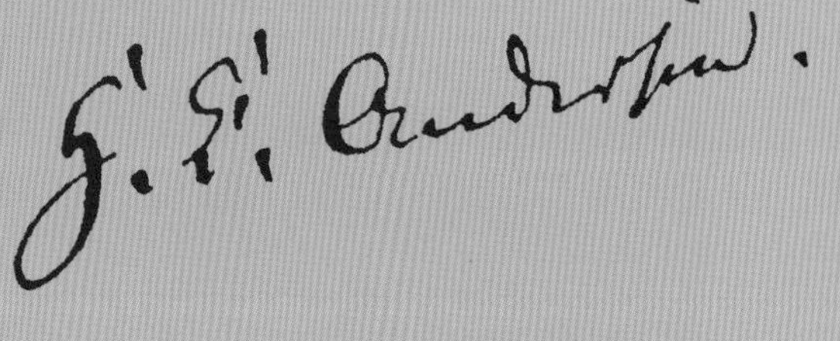

1.時光飛車

火車開始進入丹麥邊境時，兄弟倆就開始雀躍不已，「我希望可以碰到安徒生爺爺。」哥哥充滿渴望的說。

「安徒生爺爺是誰啊？」弟弟傻傻

的問。

「你真笨，連安徒生爺爺都不知道，」哥哥很不屑的看著弟弟那副好奇的眼神，又很諒解的拍拍弟弟的肩膀說：「等你上學以後，就可以自己去找安徒生爺爺了。」

「怎麼找啊？」弟弟不肯罷休的追問著。

「我希望能有一個像《安徒生童話》中的『飛天魔箱』，把我們藏在裡面，飛到一個故事城聽故事，」哥哥完全沉醉在想像中，「你要是不囉囉唆唆的問東問西，我就帶你去。」

「可是我不認識安徒生爺爺，我可以去嗎？」

「嗯，安徒生爺爺很喜歡小孩子的，你可以跟我一起去。」哥哥很權威的說：「安徒生爺爺是全世界最會說故事的人，他是童話大師。」十歲的哥哥顯然比四歲的弟弟成熟懂事。

「童話是什麼呀？」弟弟又問。

「唉！你真笨，童話就是跟兒童說的話嘛！都是很好聽的故事哦！」哥哥開始賣弄他的知識，「安徒生爺爺有好多好多的童話，我都好喜歡。」哥哥翻著童話集。

「如果我好乖、好乖，我可以坐在魔箱中，跟你去找安徒生爺爺嗎？」弟弟求著。

「當然可以，只要你不要老愛插嘴的問東問西，你也許還可以碰到一個美麗的公主，然後低頭親她……」

「噓！」哥哥阻止弟弟又要開口問話。「你也可能會變成小拇指姑娘，她好小好可愛，然後，然後……」哥哥賣著關子，「然後讓醜蛤蟆娶去做新娘。」

「不要，不要，我不要做小拇指姑娘。」弟弟急得要哭出來。

「怎麼又惹弟弟哭了呢？」爸爸媽媽同時責備著哥哥，「火車快到哥本哈根了，不要再吵了。」

「你就是愛哭。」哥哥低聲責怪弟

弟。「你不要做拇指姑娘，那你做什麼好呢？」哥哥低頭沉思著，弟弟熱切的看著哥哥，期待著答案，一聲也不敢響。

「有了，你是《安徒生童話》中的國王。」哥哥笑著說。

「國王？」弟弟開心的笑了。「我喜歡做國王。」

「你是那個很愛漂亮的國王，每個小時都要換一套新衣服。有一天，有一個人來跟國王獻計，說他要為國王織一件只有聰明人才能看得見的衣服，國王好高興，馬上請他來王宮編織新衣。因為大家都想做聰明人，所以雖然新衣服編織好穿在國王身上，看起來好像什麼也沒穿，可是大家都說很好看，國王就更高興了，他是一個愛『秀』的人，馬上又要求要上街遊行，展現他的新衣給老百姓看。」

「可是——」弟弟想插嘴，哥哥捉狹的笑了一下，阻止弟弟問話——

「國王走在大街上，好得意哦！老百姓全都看呆了，沒有人敢哼一聲氣，只有小孩子，不停的低聲傳著話——『國王沒有穿衣服』。」

「哇……」弟弟大哭，大叫：「我不要，我不要做國王，我不要做沒有穿衣服的國王。」

「別吵，別吵，我們到了，乖乖的，不哭，我們帶你們去迪佛利樂園玩。」媽媽為弟弟拭去了滿臉的淚水。

「可是我不要當那個不穿衣服的國王。」弟弟抱怨著。

「好，好，不當那個笨國王。」媽媽安慰著弟弟：「那你要當什麼呢？」

弟弟用心的想著，可是又不知怎麼辦的看著哥哥說：「哥，我當什麼好呢？」

「你啊！你就當『錫盒中的小士兵』吧！」哥哥說，「不要再問我了，自己去讀《安徒生童話》就知道了。」

走在丹麥首都哥本哈根的街上，兄弟倆不斷的東張西望，尋找著安徒生爺爺的影子，爸爸媽媽帶著他們在大街小巷中參觀，在海濱漫步，偶爾

說著《安徒生童話》裡的故事，幫助他們想像那面對著大海、默默無語的「美人魚」在想些什麼心事？

夜晚的迪佛利樂園燈火通明，這是一個根據《安徒生童話》而設計的童話仙境。噴水池中，五光十色的霓虹燈，如夢如幻，似真若假，兄弟倆進入迪佛利樂園後，早已看得眼花撩亂、魂不守舍了。

「時光飛車!」哥哥像發現新大陸般迫不及待的鑽進車廂，弟弟緊跟不放，也鑽了進去。

「要照顧好弟弟，好好的玩喔！」爸爸媽媽大聲說著。

「時光飛車」不久就開始轉動，與時間逆向飛馳。

「安徒生爺爺！」哥哥對著一位戴著高帽、身穿黑色禮服的老者歡呼，老人好像沒聽到那高興的叫聲。

「安徒生爺爺！」兄弟倆擠到老人身邊，不斷歡喜的叫著。

「啊！你們認識我？」老人很驚訝的說。

「我從小就愛讀您的童話，」哥哥上氣不接下氣的說，興奮得快要喘不過來：「這是我弟弟，他還不會看書，但是我們都很愛聽您的童話，更愛聽您講故事。」

「啊！那太好了，」安徒生爺爺慈祥的說：「我最喜歡講故事給孩子們聽了。」

時光飛車繼續的倒轉，他們完全進入了安徒生爺爺的童話世界。

「你們想聽什麼故事呢？」安徒生爺爺蹲下來，慈愛的摸摸哥哥的頭，又把弟弟抱到膝上坐。

「我們想聽您自己的故事。」孩子們異口同聲的說。

「好啊！我就把我的故事說給你們聽吧！」

一下子，安徒生爺爺的身旁，圍繞著許多愛聽故事的孩子，他們都席地而坐，安靜的凝神聆聽安徒生爺爺的故事。

2. 美麗童話的開始

「我的一生，好像是一個童話故事，」安徒生爺爺開始說自己的故事：

「雖然我出生的時候，家裡非常窮苦，不僅沒有錢財，而且連家具也沒有，可是我卻得到父母與祖父母的疼愛。我的爺爺很會雕刻，他用手製作各種玩具、木偶給我玩；我的奶奶也很會講故事，她一有空就說故事給我聽；爸爸和爺爺一樣，手也很巧，會做許多動物和玩偶，有時用木頭刻成，有時用皮雕塑。我從小就和這些木偶玩具一起消磨時間，一點也不會感到無聊乏味，我的玩伴都是用木頭或紙做成的，他們都會靜靜的聽我說故事，因為從奶奶和爸爸那兒聽來的故事，我會再編排成一齣齣的戲，用木偶或紙人演出。這讓我感到非常有趣，而且百玩不厭。

「爸爸和媽媽結婚得很早，都才二十歲，還算是小孩子呢！生活雖然很困苦，常常有一頓沒一頓的，住處也只有一個小小的房間，連家具都是

爸爸親手做的
或是從外面撿
回來的，但媽
媽總是把房子
收拾得十分乾
淨整齊，窗框
上常常掛滿了
彩色圖片，院
子裡則種滿了
各種花草。我
很喜歡站在後
院的小河邊，
高聲唱著歌，
我一直認為我
的歌聲相當不
錯呢！

「媽媽是
個樂天的人，
她雖然幫人洗
衣服，但她對
生活充滿興趣
和信心。媽媽

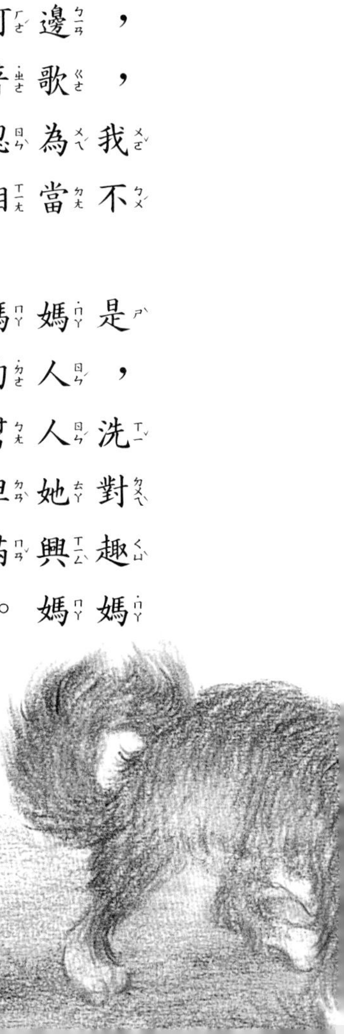

總是誇獎我，說我將來會比他們過得更好，她也很感謝對我友善的人，雖然我的朋友們常常取笑我，但媽媽並不認為他們是惡意的，她覺得是我與眾不同，所以才不能與別的小朋友玩成一片。」

「你會不會很寂寞?」有一個小小的聲音問著。

「我小時候是很孤獨的，因為同年齡的小朋友都比我矮小，又常取笑我的鼻子長得太長太大，但是因為我有玩偶，有自編自導的戲劇，倒也不覺得寂寞。而且，我常常跟著奶奶、媽媽，和她們的朋友到處玩。

「媽媽很愛熱鬧，經常和朋友一起進城。某次，我們在回家的路上，不小心走進一個私人的果園，不巧被主人發現。果園主人生氣的追趕著我們，媽媽和鄰居們一下子全跑掉了，只有我因為年紀小，又跑不快，所以乾脆不跑。果園主人很容易就捉到我了，正想用鞭子打我，但我一點也不害怕，因為我又沒做錯什麼事，只是不小心走入他的果園而已，所以就對

他說：『你怎麼可以打我？老天正在看著你呢！』那正發著脾氣的主人，馬上放下鞭子，改變了態度，他還摸摸我的頭，問我的名字、年齡，並給了我一些錢。

「我回到家，看到媽媽焦急得不知所措，趕緊把經過說給她聽，媽媽放心的對我說：『大家都對你那麼好，老天也對你好，將來你的運氣一定比我們好，也一定會有出息的。』

「奶奶對我的影響也很大，因為我沒有兄弟姐妹，爸爸雖然愛我，但在我九歲時就去世了。媽媽必須靠幫人洗衣服來維持生活，我只好跟著奶奶到處跑，有時她替人清掃屋子，也會帶著我一起去作伴，一邊做工，一邊講故事給我聽。許多民間故事、傳說，就這樣留在我的記憶裡，成了我寫童話故事的來源。我記得最深刻的是，奶奶總是不斷的告訴我：『你可以照自己的意願選擇你的一生，只要努力不懈，仙女會保護你，帶領你到想去的地方。』

「我的一生，充滿神奇、美妙的經驗，就是這些無盡的愛和力量支持我，使我力爭上游，讓我夢想成真。」

3. 喜歡幻想的童年

「我在一八〇五年四月二日時出生，距離你們兩百多年了，我家在離哥本哈根約百哩的小城，叫做歐鎮。爺爺本來有些田莊，但是因為牛羊全染上瘟疫，又遇到乾旱而收成不佳，所以變得一貧如洗，而成為社會上最低階層的工人，在財產上是沒有半分田產的窮人。

「雖然很窮苦，但是爸爸常常對我說：『不論你將來要做什麼，即使是最傻、最愚蠢的事，只要是你心中想做的，我都會讓你去做。』

「爸爸和媽媽都相信我的命運會比他們好，而爸爸對我的完全信賴和縱容，使我不懼困難，很早就相信自己會『有志竟成』。本來媽媽因為我的手很巧，從小就會做許多小洋娃娃的衣服，所以要我做裁

縫，但我不喜歡；爸爸想教我做鞋匠，但是我整天胡思亂想，只愛編故事、說故事，自編自導一些戲劇給小朋友看。我希望有一天能變成演員或歌劇明星，讓全世界的人都認識我。

成名、成功，要讓很多人都認識我，是我很早就存在的夢想。

「可是我實在長得太特別了，大概就是醜吧！我一直都沒有很要好的朋友，我的個子太高，臉太尖，鼻子又特別長，這使我的臉與眾不同。和小朋友一起玩的時候，我顯得特別高大、笨拙，大家都取笑我，所以我只好躲在家裡自說自話，自編自導戲劇來取悅自己，幸好我也很喜歡這種不受別人干擾的幻想世界，我可以忘記別人是怎麼對待我的。

「夏天時，我會在後院裡，用媽媽的圍裙、掃把、棍子，以及樹枝，搭起一個棚子，這樣我就有了戲臺。

我自己用紙剪了各式各樣的玩偶，給他們取名字，編故事，演出一齣齣我自己編的戲，也只有在這個時候我最快樂。有時我也會演給其他的人看，如果他們讚美幾句，我就陶醉極了，因為我是多麼渴望得到別人的鼓勵和讚美啊！

「可是我們家實在太窮了，自從爸爸去世後，媽媽一個人賺錢也不夠家用，她希望我能早日幫她養家。雖然她又嫁了人，但生活也沒有好轉，自然，我也就沒錢可以繳學費上學。所以只有每天無所事事，胡思亂想。

「其實在我心裡一直有個夢想，我不能老是待在歐鎮這個小城，我也不會滿足只做一個鞋匠或裁縫師，所以在學技藝時，腦海裡都是我到大城哥本哈根的舞臺演出的畫面。我相信我在戲劇方面有特別的才能，我也有很好的歌喉可以唱歌劇，我幻想著那一天的來臨。

「『可是，我們哪裡有錢可以給你去哥本哈根？』媽媽說。

「媽媽雖然很愛我，但是也無法湊出路費。一百多年前，從歐鎮到哥本哈根，要坐好久的車，不像現在兩小時車程就可以抵達。媽媽看我每天無所事事，總是和洋娃娃、木偶、紙人說話，就對我說：『你的命實在太好了，我們都把你寵壞了，我像你這個年紀的時候，每天都要出去乞討，有時候討不到錢，不敢回家，只好躲在橋下哭泣。』

「媽媽小時候的故事，後來成了我寫《賣火柴的小女孩》時的靈感。」

「那是我們最早聽到的童話！」有人爭著說話。

「哦！你們最先聽到的，就是這個《賣火柴的小女孩》？還記得嗎？」安徒生爺爺笑著問大家。

「我印象最深的是那一個冬天的黃昏，是除夕夜呢！家家戶戶正忙著過年，那可憐的小女孩，身上只披著一條圍巾，腳上穿著一雙破拖鞋，手裡拿著一包包火柴兜售，可是大家忙

著買年貨，誰也沒空理她，因此火柴一包也沒賣出去。天黑了，氣溫越來越低，小女孩又冷又餓，看著家家戶戶升起的爐火，以及端上桌子的烤鵝、火腿，小女孩不斷的吞著口水。因為覺得冷，她劃著火柴取暖，每一根火柴亮起時，就是一幅安祥溫暖的年夜飯情景，一

直到火柴都劃盡了……」哥哥說著差點要哭出來了。

「第二天在街角上，有一個縮成一團、被雪埋在下面的小小身體，早已經全身凍僵冰冷。」有人接著說完。

「不要難過，」安徒生爺爺摸著兩兄弟的頭，慈祥的說：「人生就是有許多苦難，我一直經歷著窮苦的折磨，但我決心不被打倒，把它寫成故事，就是我最大的寄託，雖然許多人譏笑我，可是我知道自己要做什麼，我把聽到的故事，用自己的想像編成了一篇篇的童話，大人小孩聽了喜歡，我也感到心滿意足了。」

安徒生爺爺越說越有精神，「可是我在二十五歲以前，並沒有想到會成為作家，我只是喜歡編故事、說故事給人家聽，我那時一心一意只想到戲劇、演戲、唱歌、做一個演員，我一直相信『只要努力，一定會成功』的格言。」

安徒生爺爺繼續說著他自己的故事——

雖然有許多的問題想問安徒生爺爺，但是誰也不想打斷他的故事。

安徒生

4. 心中有夢

「不過在我提筆寫故事以前，還有一大段艱難的歲月要去克服呢！因為我心中始終有個夢想，我一心一意想去大城哥本哈根的大劇院，參加歌劇演出，然而現實與理想之間還有一大段距離。

「十四歲那年，我終於下定決心，不再等下去了。正巧那時有一位相士跟媽媽說：『你兒子將來會舉世聞名，但是要離開故鄉。』

「我的父母都是很迷信的人，爸爸雖已去世，但繼父根本不管我，所以我也趁機跟媽媽說：『爸爸生前就說過，我要做什麼就讓我做什麼，我想去哥本哈根，就讓我去吧！』

「說動了媽媽後，我便拿著一封村人給我的介紹信，到哥本哈根去找芭

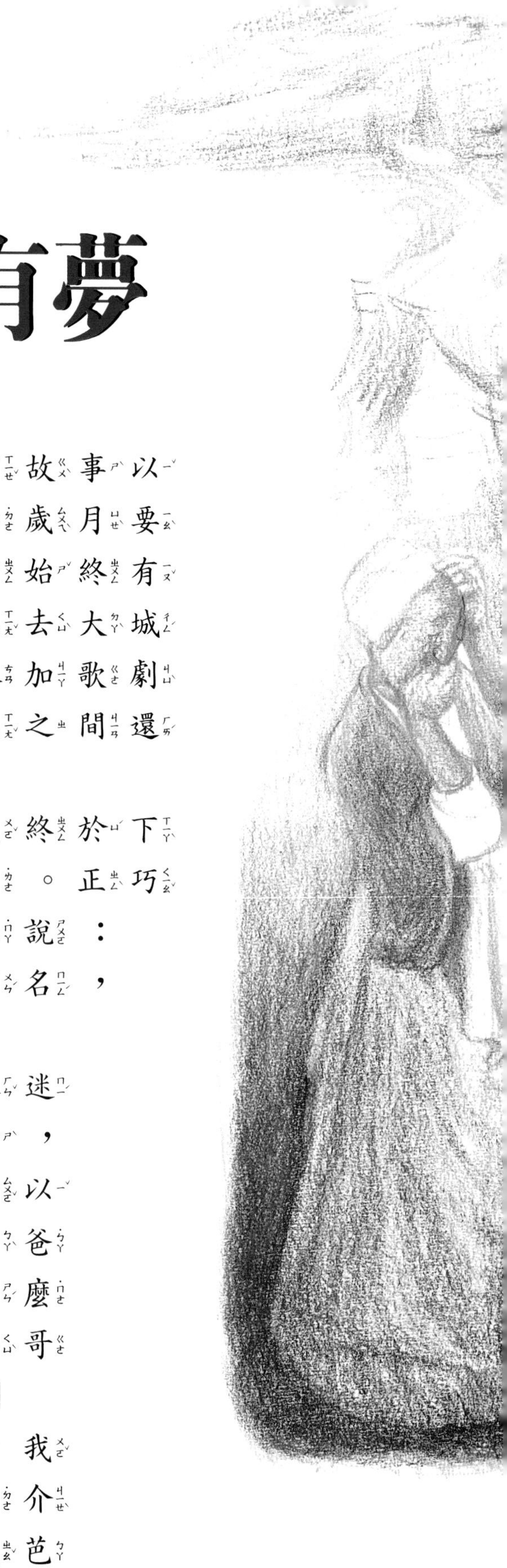

蕾舞星——秀爾夫人，請她介紹一些演出機會給我。

「我清楚的記得在一八一九年九月四日，我手上拎著媽媽打點給我的背包，與媽媽和奶奶告別後，搭著便車，離開了心愛的故鄉。後來，我再也沒有機會見到奶奶，因為，三年之後，她就去世了。

「經過一天一夜的顛簸，終於抵達了哥本哈根，這個我夢寐以求的地方，我忍不住跪了下來，親吻這塊土地。想想看，一個十四歲的孩子，終於如願來到大城市了。

「可是，艱苦的日子，才剛開始呢！一到哥本哈根，找到一處落腳的住處之後，我立刻去找皇家歌劇院。我穿著最好的衣服，還戴了帽子、穿著皮靴，走到劇院門口。因為從來就不知道要買票入場這回事，當門房問我：『要坐什麼位子？』我就回答：『什麼位子都可以。』結果馬上被趕出去。因為看門的門房還以為我是去搗蛋的瘋

子呢！

「第二天，拿著介紹信去求見秀爾夫人，又被秀爾夫人當成瘋子，她根本就不認識寫介紹信的人！

「在走投無路，而所帶的錢又有限的情況下，我也曾想要回去故鄉歐鎮，但是怕被嘲笑；也想到自殺，但是不甘心就這樣離開世界，所以只好先找個小工做。只是小工的工作又枯燥、又辛苦，如果要做工，我大可以留在故鄉，何必來到這個大都市呢？想到這，我立刻辭去小工，繼續我的歌劇之夢。

「最後的希望落在希伯尼身上，

他當時才剛被指派擔任皇家樂隊的團長，找到希伯尼的地址，也許是我的誠懇感動了管家，希伯尼當時正在宴客，連客人也一起出來看我這可憐的『歌手』，他們都對我很好，答應幫助我學習歌唱和跳舞，希望能為我在歌劇院找到演出的機會。

「經過了一年多的練習，我終於有了演出的機會，我清楚的記得，那天是一八二一年的四月，我到哥本哈根的所有辛苦與折磨都值回票價。我看著節目單上印著我的名字，一整天都不捨得放下那份名單。那年我剛滿十六歲。

「雖然，我周圍的人都樂意幫助我，但是日子並不順利，我的舞蹈老師就告訴過我：『我親愛的孩子，你在歌舞方面是有一點天分，可是，我要的角色是悲劇演員，你的樣子卻使人看了想笑，你適合演滑稽、逗笑的喜劇。再說，你實在不適合當演員，你應該去學一些拉丁文，好好受教育。』

「老天爺！我聽了心裡多麼難過啊！我一無長處！我該怎麼辦呢？我做什麼才好呢？

「我不斷的找機會學習，也找人

教我德文和拉丁文，可是我沒有錢交學費，我的學習都是斷斷續續，因為除了學習，我還要照顧自己的住宿與伙食，常常有一頓沒一頓的過日子，冬天冷風刺骨，我的衣服、靴子也開始破舊了，我又傷心又失望，但是奶奶的話在我耳邊響起：『你是個與眾不同的孩子，你將來會很有出息。』

「雖然，我在歌劇與舞蹈的發展方面，受到了挫折與打擊，可是對戲劇、劇院的熱愛並沒有因此而減退。從小，爸爸常念書、說故事、讀《聖

經》給我聽，我可以一幕幕清楚的記住那一切情景，如今在歌劇排演上，我也用心學習。有一次我要求老師讓我改編劇本，結果非常成功，大家都說我在文字方面有特別的才華，這使我內心掙扎不已，我到底是要放棄我的玩具劇院，不再演戲？還是繼續演戲？或是改寫劇本？……我想，每個人在這個年齡都會胡思亂想吧！

「就在我對劇本的創作越來越有興趣的同時，我的劇本被推薦給皇家評審，這讓我認識了一生中的貴人：柯林士先生，從此我們建立了永生的情誼。

「柯林士先生當時是皇家戲院的委員之一，非常具有影響力。評審們看了我的劇本後，發現我的文法錯誤百出，拼音也不對，但劇情和情景的安排很吸引人，他們的結論是——我需要受教育，好好讀拉丁文，受正統教育，於是從皇家批准一筆經費，讓我五年之內安心受教育，不必為生活擔憂。但這一切的費用與學校成績，都要隨時向柯林士先生報告。於是，我終於結束了三年孤苦的流浪生活，開始學習。」

5. 十七歲的「小」學生

「我進入學校時，一般學生的年齡都在十歲左右，而我卻已經十七歲了。校長梅先生一家負責我的生活起居，他對我也還算和善，但是他情緒起伏不定，時而和善，時而兇惡，令我常常受到羞辱。拉丁文老師對我則非常親切，給我很多鼓勵，我也很用

功的學習，但成績卻時好時壞。

「總而言之，在斯來吉士學校的五年，並沒有多好的回憶，相反的，記憶中全是受同學戲弄嘲笑的回憶，受校長冷嘲熱諷的羞辱，他常常取笑我『笨』，又說我只會作白日夢，不會學習，『是一個蠢材』。

「也許學校的生活並不適合我，教育是要使人學會做一個好公民、好孩子，我也努力在學習，可是我腦中常常有奇思幻想，忍不住要說給同學們聽、要演給老師看，因而荒廢了其

他功課，受同學嘲笑、受老師責備。

「我的拉丁文是最弱的一門課，常常考不好，也沒辦法及格，可是寫詩卻成了我的新愛。走在雪地上，我耳中會響起詩的韻律，那一首〈魔鬼的和音〉發表在一八二八年的《海堡週刊》，就是那時寫的。

「我還寫了許多的詩，那時候年少，哪有少年不愛詩？我想，在上學的那五年中，詩，是我情緒的發洩，也是我精神的寄託。」

自畫像

看！那少年，站在山坡上，
臉白如雲，
鼻長如溝，
眼小如豆，
他唱走調的德國曲，
凝視落日的孤星，
啊！他為什麼站著不走？
老天！我不是神，
如果我沒錯，我敢確定——
他不是發瘋，就是發痴，要不，
就是真正的詩人。

「當年在丹麥著名的外國詩人拜倫及海因，他們深受年輕人的仰慕。在我的心靈深處，也深深受著他們的影響；除此之外，還有史可特和哈弗曼兩位詩人，也都影響了我的寫作。

「我開始不停的寫詩、寫童話，並講給朋友聽，大家都很喜歡，這比去學校上學、學拉丁文容易多了。我也寫了許多童話，比如說《國王的新衣》、《豌豆公主》、《美人魚》、《醜小鴨》等等，許多人還認為『醜小鴨變天鵝』是我自己的故事呢！你們覺得呢?」

「你們喜歡那個故事？太好了!」安徒生爺爺好開心:「《美人魚》你們也喜歡？它已經是丹麥最受歡迎的童話之一了。是啊！在海邊那銅雕的塑像就是她的化身。」

6. 尋找溫暖的家

「我從十四歲離開故鄉，一個人到哥本哈根找工作，有一頓沒一頓的過著日子，可是我從來沒有氣餒、灰心過，因為我相信奶奶說過的話：『只要你努力不懈，仙女會保護你，帶領你到想去的地方。』我也一直沒有放棄我的希望。

「後來我的努力總算得到鼓勵，國王的贊助、柯林士先生的輔導，使我可以安心的讀書學習，雖然學校生活並不適合我，但是我也用心學習了五年。為了成為作家，我也明白我一定要多讀多寫，所以，我大部分的時間都用來寫作。

「可是，在我的內心深處，卻常常感到很自卑、很寂寞，我渴望一個溫暖的家。雖然，從小父母非常疼愛我，可是爸爸去世得太早，媽媽又改嫁，所以儘管柯林士一家人都對我很好，但我畢竟是個外人。一直到二十五歲那年，我終於墜入情網，愛上同學的妹妹——呂珀格小姐。她也很喜歡我，常常與我討論我的作品，我真想天天和她在一起，共組一個溫暖的家，可是因為她已經訂了婚，我的初戀也只能成為傷心的回憶。

「我的出身低微，也是使我感到自卑的原因，與呂珀格小姐的交往，又因為她是富家女，難免受到父母的阻撓。我受到這樣的打擊之後，在性格上稍有轉變，但是反而使我的作品更多、更充滿機智與幽默，還有人說

我有點玩世不恭呢！

「還有因為我十分喜愛教堂藝術，所以常常會到教堂看壁畫上的畫像，這使我更加嚮往家庭的溫暖，看到別人有妻子兒女，更讓我感到空虛寂寞。雖然每年都去柯林士家住一段日子，但一直覺得自己是『外人』，他們顯赫的家世、溫文儒雅的高貴氣質，在在使我感到自卑。可是他們對我的友善，尤其是小女兒露意絲對我的尊敬，又使我忍不住墜入情網。我是不是有點自作多情呢？沒錯，我是如此。

「那是我失戀之後的第二年，我看到出落得亭亭玉立的露意絲。以前，我一直把她當成小妹妹看待，如今她卻長得活潑可愛，而且能與我談論文學、詩集。我的生命因此又充滿了活力，我忍不住把完成的作品《我生命中的童話故事》當作求婚信，送給露意絲，可是她畢

竟還小，而且我這份赤裸裸的坦誠熱情，一定把她嚇壞了，她不僅不敢再見我，並很快的與別人訂了婚。是我的熱情把她嚇跑了。」

「我這一生大概與婚姻無緣了，」安徒生爺爺黯然說著：「可是我還有一次轟轟烈烈的愛情故事要告訴你們。」

「傷心之餘，我想逃離地球，到一個沒有人跡的地方獨自過日子。

「柯林士先生也很贊成我出去旅行，畢竟，我不是他們家的一分子，不論我多麼努力，門戶懸殊、出身不同，仍然存在於我們之間。大家都勸我離開丹麥，甚至替我向國王申請到一筆兩年的經費，供我出國旅行。目的就是解愁。

「在當時，旅行是一件很不尋常的事，因為交通不發達，路途遙遠顛簸，那種爬山涉水之苦，你們大概無法想像。只有王公貴族，富賈貴人才能享受舒服的專用舟車，免受顛簸之苦。可是旅行使人增廣見聞、結交新友，美麗的大自然和雄偉的建築物，更是我一開始就愛上旅行的原因。義大利米蘭的大教堂、瑞士日內瓦的大王宮、法國的鄉野、德國和丹麥……

都令人迷戀。每個地方，都是幅圖畫。我一邊旅行，一邊速寫風景、剪裁人像，我的日記也沒中斷過，這些後來都成為我寫作的材料。

「在旅行中，各國的民風與習俗，及民間故事，都成了故事的題材，譬如《豌豆公主》，那位睡慣舒服大床的小公主，連一粒小豆子都使她睡不好覺，就是從旅行中得到的靈感。還有《小克拉斯與大克

拉斯》，貪心而無主見的人，不是也常常在我們的生活中出現嗎？

「一八三五年，也就是我三十歲那一年，我的第一本童話集出版了，包括《錫盒中的小士兵》、《豌豆公主》等等大家都喜愛的故事，我的小說集——《只是一個小提琴手》也在這一年出版。由於旅行使我結交了眾多文人與朋友，我的書也就跟著變得家喻戶曉，成為老少咸宜的讀物，不論大人與小孩都成了我的讀者。

「這往後的三、四年間，我不斷的旅行，遊遍法國、德國、義大利、瑞士、奧地利多國。當我在羅馬時，傳來了媽媽去世的消息，我成了無親無戚的孤兒。媽媽雖然以我的成就為榮，可是她再也無法與我共享這些榮譽了。我接連得到的作家獎（一八三八年）、各種不同譯文所出版的《安徒生童話》，再也無人與我分享；傷心與寂寞，無時無刻不包圍著我。

「我居無定所，以旅館為家，有時住的是朋友的華屋或別墅，有時則是王宮大廈，就在這不斷的流浪中，我聽到了一生難忘的美妙歌喉，我也因此深深的愛上了她——珍妮林。」

7. 夜鶯之歌

「你們記得《夜鶯之歌》這個故事嗎？

「在皇宮的花園裡，有一隻歌聲婉轉悅耳的夜鶯，每一位聽過的人，都寫信向皇帝道謝，但是皇帝自己卻沒有聽過，費了九牛二虎之力，好不容易找到了夜鶯，但是夜鶯不願被困在皇宮裡，更不願與機器的人工鳥兒對唱。夜鶯飛出皇宮，觸怒了皇宮上下官員，從此把牠放逐，不准牠接近皇宮。但皇帝卻非常想念牠的歌聲，尤其聽厭了千篇一律的人造鳥兒的歌聲。後來，一直到皇帝病危，夜鶯才又偷偷飛回為皇帝唱歌，並且使皇帝明白了那周圍小人的搬弄是非，夜鶯更將皇帝從死神的手中救回來。夜鶯不只為皇帝，也為大眾而唱。」

「您聽過嗎？安徒生爺爺，還有那中國的皇宮，您形容得多美！您有沒有去過?」小朋友忍不住插嘴問。

「小時候，我家的後面有一條小河，當我被別的小朋友譏笑嘲弄時，我就會站在河邊唱歌，然後想像著仙

女帶我飛到遙遠的中國，那就是我最快樂的時刻。」

安徒生爺爺的眼神，充滿了童年時代的天真活潑，「還有那歌聲，我在人間也聽到過，那是我這一輩子所聽到最美、最動人的歌聲，也是引起我寫《夜鶯之歌》的靈感。

「那一年，大約是一八四三年，經過兩次失戀，我已經心灰意懶，對於建立一個家的心願也不敢再奢望。

「可是，當我第一次聽到瑞典籍的歌唱家珍妮林小姐的表演之後，我還是忍不住又墜入了情網。她的歌聲婉轉甜美，可說是百年來稀有的世紀之音；她的表演自然而生動，沒有一位畫家能畫出她多彩多姿的面貌；她的演唱會令人回味無窮，終生難忘，

我幾乎每晚都去聆聽。可是那時的我已小有文名，而珍妮林才開始她的演唱生涯，她不願放棄她的歌唱事業，即使我們後來又在英國相逢，她也只願把我當成兄長一樣對待，雖然媒體報導我們的戀情，稱為世紀之戀，但是我們仍然各自飛翔。」

「是不是就像那隻靈巧的夜鶯一樣，不願意被關在皇宮裡，只唱歌給皇帝聽？」孩子們問著。

「對了，林中的鳥兒是應該自由飛翔的。」安徒生爺爺說著，一副凝神聆聽的模樣，彷彿夜鶯正在婉轉的唱著歌兒。

「安徒生爺爺，安徒生爺爺，」孩子們從美妙的樂聲中醒來，「您的故事真好聽，我們好喜歡聽您說故事。」

「我的故事才多呢！可是我不能老是待在這兒，我還要去西班牙、南非，還有亞洲……我要去為全世界的孩子說故事了，你們好好的去讀我的童話吧！我寫了一百多個故事呢！再見了，親愛的孩子們！」

迪佛利樂園中，樂聲仍然悠揚，燈火恍如白晝，但是環看四周，哪有安徒生爺爺的影子？只聽到夜晚的空中，仍然傳來了遙遠的聲音——

「經過三次失戀之後，安徒生終生未娶，一八四〇年，也就是他三十五歲時，與珍妮林的戀情沒有結局，安徒生傷心之餘，就從南歐、羅馬、雅典一路旅行下去，後來結交了許多的文友，如巴爾札克（一八四三年，巴黎），以及與狄更斯成為知交（一八五七年）。除了童話外，他也寫了許多旅行書，很受歡迎，他一生沒停過寫作，也未曾中斷過日記，他於一八七五年病逝哥本哈根，丹麥人以他為榮。」

孩子們手上捧著《安徒生童話》以及銅像、紀念章、美人魚……，繼續東張西望的找尋著安徒生爺爺的影子。

整個哥本哈根，整個丹麥，甚至全世界，誰不希望能再遇到他呢？

安徒生

Hans Christian Andersen

安徒生　小檔案

1805年　４月２日，出生於丹麥的歐鎮。

1816年　父親去世。

1819年　十四歲，到哥本哈根謀生，立志要成名。

1820～22年　在戲劇學校學歌劇，寫劇本。

1822～27年　十七歲，開始上學，寫童話及詩。

1830年　二十五歲，初戀，寫詩。

1835年　出版第一本童話集。

1838年　得到政府資助旅行。

1840年　開始乘火車旅行各國。

1847年　出版《我生命中的童話故事》德文版。

1857年　在狄更斯家作客。

1862～66年　旅行各國，出版遊記。

1867年　故鄉歐鎮封他為榮譽公民。

1873年　六十八歲，最後一次國外旅行。共出國二十九次。

1875年　８月４日，病逝哥本哈根友人家中，享年七十歲。

寫書的人

簡　宛

本名簡初惠，國立臺灣師範大學畢業，曾任教仁愛國中，後留學美國，先後於康乃爾大學、伊利諾大學修讀文學與兒童文學課程。1976 年遷居北卡州，並於北卡州立大學完成教育碩士學位。

簡宛喜歡孩子，也喜歡旅行，雖然教育是專業，但寫作與閱讀卻是生活重心，手中的筆也不曾放下。除了散文與遊記外，也寫兒童文學，一共出版三十餘本書。曾獲中山文藝散文獎、洪建全兒童文學獎，以及海外華文著述獎。最大的心願是所有的孩子都能健康快樂的成長，並且能享受閱讀之樂。

畫畫的人

翺　子

翺子出生於湖南一個叫淥口的小村子，現在在湖南大學教書。從小就喜歡畫畫的她，長大後念了美術學院，似乎是件理所當然的事。她夢想有一天能用圖畫來結識許多新的朋友，尤其是小朋友，而在插圖裡，她找到了這樣一個世界，感覺自己又回到了童年。

在這本描述安徒生的故事裡，翺子採用水彩、蠟筆、色鉛筆等工具來描繪，她想以一種比較浪漫寫實的手法，來展現安徒生的一生。在繪圖的過程中，翺子最希望能坐上「時光飛車」，親自去拜訪她心目中的大師安徒生呢！

文學家系列

榮獲行政院新聞局第五屆人文類小太陽獎
行政院新聞局第十八次推介中小學生優良課外讀物
文建會「好書大家讀」活動推薦
文建會「好書大家讀」活動1999年度最佳少年兒童讀物獎

～帶領孩子親近十位曠世文才的生命故事～

每個文學家的一生，都充滿了傳奇……

震撼舞臺的人——戲說莎士比亞　姚嘉為著／周靖龍繪
愛跳舞的女文豪——珍・奧斯汀的魅力　石麗東、王明心著／郜　欣、倪　靖繪
醜小鴨變天鵝——童話大師安徒生　簡　宛著／翱　子繪
怪異酷天才——神祕小說之父愛倫坡　吳玲瑤著／郜　欣、倪　靖繪
尋夢的苦兒——狄更斯的黑暗與光明　王明心著／江健文繪
俄羅斯的大橡樹——小說天才屠格涅夫　韓　秀著／鄭凱軍、錢繼偉繪

小小知更鳥——艾爾寇特與小婦人　王明心著／倪　靖繪
哈雷彗星來了——馬克・吐溫傳奇　王明心著／于紹文繪
解剖大偵探——柯南・道爾vs.福爾摩斯　李民安著／郜　欣、倪　靖繪
軟心腸的狼——命運坎坷的傑克・倫敦　喻麗清著／鄭凱軍、錢繼偉繪

小太陽獎得獎評語

三民書局以兒童文學的創作方式介紹十位著名西洋文學家，
不僅以生動活潑的文筆和用心精製的編輯、繪畫引導兒童進入文學家的生命故事，
而且啟發孩子們欣賞和創造的泉源，值得予以肯定。